KB271396

어두워져야 빛나는 별처럼

어두워져야 빛나는 별처럼
ⓒ 유태승, 2018

지은이_ 유태승

펴낸곳_ 도서출판 도훈
        권선구 입북로 65 /376-2017-000061
발행일_ 2018년 8월 20일

사무실_ 서울시 용산구 이태원로15길 14-4
전 화_ 0507-1453-4621, 010-6722-4621
팩 스_ 0504-227-4621
이메일_ flyhun9@naver.com
홈페이지_ dohunbooks.modoo.at

ISBN_ 979-11-961587-8-1 03800
정 가_ 10,000원

ISBN 979-11-961587-8-1

「이 도서의 국립중앙도서관 출판예정도서목록(CIP)은 서지정보유통지원
시스템 홈페이지(http://seoji.nl.go.kr)와 국가자료공동목록시스템(http://
www.nl.go.kr/kolisnet)에서 이용하실 수 있습니다. _CIP2018022834」

도서출판 도훈은 수익금의 일부를 학생들을 위한 장학금으로 지급하고 있습니다.

어두워져야 빛나는 별처럼

유태승

다섯번째 시집

좋은 책 만드는
도서출판 도훈

| 자 서 |

세상을 열심히 살아갑니다.
땀 흘리며 힘들게 일해도
한 걸음씩 나아가지도 못하는 듯해요.
조바심이 나니
더 열심히 일해도 마찬가진 것 같아요.
어둠이 깔려오는 지친 날
지친 손등으로 비지땀을 훔치며
맑은 밤하늘을 조용히 바라봅니다.

밤하늘에 수많은 저녁 별들이
나를 보고 웃으며 반짝입니다.
어두워져야 빛나는 별처럼
나도 기다리는 여유를 갖고 싶어요.
내 인생의 해 질 녘이 찾아오면
나도 영롱한 빛을 발하여
참 아름답게 보이고 말 거예요.
저 빛나는 별들이 나의 스승입니다.

2018년 8월

유태승

어두워져야 빛나는 별처럼

차례

자 서

1부 어머니, 나의 어머니

목화꽃이 핀 사진 · 13

한 올의 외로움이 · 14

별들이 내려와 · 15

먼 하늘을 바라보며 · 16

나와 나비의 날개 짓 · 17

하염없이 냇물 따라 · 18

무얼 바라실까 3 · 19

함실아궁이에는 · 20

나박김치 · 21

온 세상의 찬란함이여 · 22

참고 견디어야 합니다 · 24

오월에 부는 배터바람은 · 25

사랑이 필요해요 · 26

구름 낀 하늘도 아름답지요 · 27

별이 총총한 봄밤에 · 28

새벽 참새 소리에 · 29

하늘을 보세요 · 30

2부 소중한 그대에게

감꽃이 떨어져요 · 35

성공이라는 꽃마차는 · 36

인생은 여행입니다 · 37

바보처럼 · 38

느티나무 그늘에 앉은 · 39

하늘에서 별을 따다 · 40

언제나 미소 짓는 그대 · 41

출근하며 해를 바라봐요 · 42

분꽃을 보려면 · 43

샛별처럼 살고 싶어요 · 44

삶이란 여유롭게 바라봐야 · 45

삶이 익어갈 때 · 46

미소 속에 그대는 · 47

별을 따다 드려요 · 48

3부 내 고향, 언제나 마음속에 자리한

당신은 나의 시詩입니다 · 53

구름 따라 · 54

세상은 그리움으로 · 55

뿌리가 튼튼해야 해요 · 56

학생의 마음으로 · 57

오월의 동풍은 · 58

동녘에 동백꽃이 피었어요 · 59

매절고개를 넘어가면 · 60

꽃잎이 휘날리더니 · 61

꽃동산을 만들어요 · 62

하늘을 보며 · 63

감자 꽃이 필 무렵에 · 64

사랑은 예쁘게 익어야 · 65

하얀 개망초의 바다에서 · 66

매절고개에서 · 67

솔잎 사이로 둥근 달이 · 68

서편에 초생달은 · 69

시월이 지나가면 · 70

4부 아름다운 자연, 내 삶의 반려

들풀 꽃씨를 보내요 · 75

흔들리는 소나무처럼 · 76

군자란의 마음처럼 · 77

세상의 꽃들이 내게로 · 78

노란 매실이 익기까지 · 79

송홧가루를 품고 · 80

살아가는 길에서 · 81

꽃처럼 살라지만 · 82

달맞이꽃과 분꽃 · 83

기다리는 마음 · 84

정원의 의자에 앉아 · 85

느티나무 가지들이 · 86

칡꽃이 숨어 피는 까닭은 · 87

살아간다는 것이 · 88

그리움을 품은 나무들은 · 89

은행나무는 알 거예요 · 90

추석이 지나가고 · 91

시월이 참 좋아요 · 92

밤송이 지게에 · 94

소래산은 외쳐요 · 95

5부 여행지에서

멕시코시티의 사람들 · 99

디트로이트의 다림질 · 100

히메지로 가는 길에 · 101

나고야의 중부공항은 · 102

나도 Black forest가 되어 · 103

개브제의 사람들은 · 104

헝가리에서 체코로 · 105

부록 손녀, 유연의 시

진달래 · 109

나무 · 111

| 해 설 | 고향, 어머니, 아내를 위한 노래 · 114

－尹 錫 山

(한양대 명예교수, 한국시인협회장)

1부

어머니, 나의 어머니

목화꽃이 핀 사진

추석이 되어
고향 소식과 함께 보내온
목화꽃이 핀 사진 한 장이
나를 어린 시절의 추억으로 데려간다.
뱀 밭에 목화 씨를 늦은 봄에
듬성듬성 뿌리시던 어머니의 손길이
추석이 지나서야 목화솜을 따서
함박눈이 소복이 내린 날
나와 마주 앉아 씨앗을 돌리셨다.
솜이 삐져나오며 내는 소리에
나를 바라보며
빙그레 웃으시는 모습에서
따스한 사랑을 배우고 세상살이를 배웠나.
목화솜 이불이 그립다.
어머니의 따스한 손길이 그립나.

한 올의 외로움이

아름다운 세상에

한 올의 외로움이 내 몸을 휘감아요.

나는 소래산을 바라보며

웅장함에 힘을 얻어 열심히 살아갑니다.

어머니를 그리워하며

나를 옥죄는 외로움을 이겨내지요.

내 마음속에서

한 알의 그리움이 자라고 있어요.

밤송이가 밤알을 키우듯 소중히 가꿉니다.

사랑으로 감싸고

지성으로 물을 줍니다.

외로움은 그리움이 되고

그리움은 사랑이 되어 나를 키워요.

사랑이 위대하지요.

소래산 : 경기도 시흥시 신천동에 위치한 큰산

별들이 내려와

말복이 가까운
무더운 한여름밤에
하늘에서 별들이 내려와 나를 불러요.
어머니가 그리워
가만히 앉은 황금 솔밭 길가에
은하수 별들이
진주가 되어 쏟아집니다.
별에 이끌려 하늘로 올라가고 싶어해요.
차라리 눈을 감아버립니다.
영롱한 별들이 밝게 빛나는
밤하늘로 어머니를 찾아 날아가요.
나를 찾아가요.
온 세상이 별천지입니다.
그리움을 품은 아름다운 별 세상요.

먼 하늘을 바라보며

오늘도 먼 하늘을 바라봅니다.

해가 서녘하늘에서 뉘엿뉘엿 지면서

새색시처럼 수줍은 듯

연붉은 화장을 하늘에 남겨 놓았네요.

나는 그리움에 흠뻑 빠져

나의 마음에 얼굴을

내 고향 마루모테 냇가에서

막 세수를 하고 하늘로 올라갑니다.

그곳에는

어머니가 잔잔한 미소로

나를 기다리고 계실 것 같아요.

그리움은 하늘에 가득해요.

하늘만 바라보아도

온 세상이 무지개처럼 아름답지요.

마루모테 : 아름드리 황금소나무가 즐비한 경기도 시흥시
과림동 중림의 골짜기

나와 나비의 날개 짓

노랗게 잘 익은 참외를 가득담은
커다란 대나무 상자를 지고
비지땀을 흘리며 신작로로 갑니다.
화물차에 실어 인천 배다리로
팔러 가려면 부지런히 가야 하지요.
올해는 대풍이라 딸 때마다
열 상자도 넘어요.
힘든 줄도 모르고 달리듯 가요.
한 상자씩 밖에 지고 갈 수 없어서요.

나의 젊은 시절 이야기입니다.
힘들어도 참고 일하던 그때가
나에게 인내하는 법을 가르쳐 주었지요.
어머니도 큰 김치 다라이를 이고
한 시간 이상을 섬어가 파셨덥니다.
이 작고 작은 현장의 산교육들이
나중에 나를 만드셨어요.
아마존의 작은 나비의 날개 짓이
텍사스에 허리케인이 된 것처럼요.

하염없이 냇물 따라

내 고향 타정모테를 지나서
귀미저수지 옆
오난산을 끼고 흘러가는
포근한 냇가에 앉아
소래포구로 흘러가는 냇물을 바라봅니다.
소리없이 흘러흘러
그리움을 품고 가고 또 가지요.
청둥오리들도 따라가요.

그립다
그리움은 하염없이 냇물 따라
어머니에게 흘러갑니다.
나도 따라 열심히 흘러가요.
가슴에 간직된 응어리들도
내 어린 시절의 소중한 꿈들도
모두 다 가고 갑니다.
온 세상이 냇물 따라 가지요.

타정모테 : 시흥시 계수동 가일에 위치한 모퉁이 이름

무얼 바라실까 3

어머니께서는
살을 에이는 엄동설한에도
장독대에 정한수를 떠다 놓으시고
지극한 정성을 들이십니다.
하루도 거르지 않고 그 긴 겨울을 요.
어머니 곁에서
지켜보는 나를 보며 말씀하시지요.
"지극한 정성으로 살아라"
어린 나는 말뜻을 알지 못해도
어머니의 행동에서 정성을 알아챕니다.
나도 세상을 열심히 살아갈 거예요.
어머니를 보며 저절로 알게 됩니다.
산교육을 하시니까요.

함실아궁이에는

내 고향 가일의 사랑방에
군불만 때는 커다란 함실아궁이가 있어요.
추운 겨울에는 청솔가지도 넣고
연기를 마시며 불을 땝니다.
어머니는 자식들이 잘 자라라고
나무를 아끼지 않고 군불을 땝니다.
함실아궁이에는 따듯한 정이 가득해요.
불을 때고 나면
잔불에 고구마와 밤을 구워주시지요.
군밤의 맛을 아시나요
어머니의 사랑을 아시나요
거기에는 따듯한 사랑이 가득해요.
나는 그 사랑으로
열심히 노력하며 살아갑니다.

나박김치

추운 한겨울이면
엄마의 정성 어린 손길이 그리워요.
밤과 고구마도 구워주시고
사랑방에 청솔가지로
군불을 때어주시기도 하시곤 했지요.
움 속에 갈무리하신
온통 하얀 배추와 무를 꺼내어
나박김치를 만들어 주시곤 했지요.
무를 얇고 반듯하게 썰어 넣고
생강과 마늘로 담백한 맛을 내시던
엄마의 그 손맛에
나는 두 사발씩이나 먹어댔지요.
사랑을 정성을 먹고 자랐답니다.
지금도 그리운 엄마의 정성에
나는 열심히 살아갑니다.

온 세상의 찬란함이여

내 고향 매절고개 너머
아름드리 소나무 솔향이 가득하고
실 냇가에는 찐한 찔레꽃 향기가
몽실 몽우리 져 피어난 마루모테여!
솔방울마다 그리움을 품고
마찻길엔 다정한 산비둘기가 노래해요.

눈이 시린 하늘을 바라보면
뭉게구름 위에, 어머니가 미소를 머금고
나를 보시며 힘내라 하시지요.
하늘엔 그리움과 추억으로 가득해요.
푸르름으로 가슴이 뛰지요.
꿈이 가득한 온 세상의 찬란함이여!

하늘에는 언제나 별이 있기에
푸른 꿈을 품고 열심히 살아갑니다
비록 팔이 짧아 별을 딸 수 없어도
눈을 감고, 별을 따서 꿰어보지요.

지성을 드리시던 어머니처럼
세상을 향해 정성으로 살아갑니다.

참고 견디어야 합니다

소래산 꼭대기에
꽃눈을 피워낸 떡갈나무는
아름답게 보이지요.
속으로는 혹독한 비바람과
모진 추위를 참고 견디어 내고 있어요.
어떻게 해야 잘 참아낼까요.
뿌리가 튼실해야 하지요.

세상의 거친 풍파를
씩씩하게 이겨내는 사람들은
훌륭한 사람들입니다.
쓰러져도 다시 일어나서
저 넓은 세상으로 힘차게 달려가요.
어머니의 따스한 사랑을
가슴속에 품고 사니까요.

오월에 부는 배터바람은

내 고향 가일에서 골짜기를 따라

오월에 부는 배터바람은

아지랑이를 품고 나에게 달려옵니다.

싱그러운 봄 달래는

부끄러운 듯 푹 꺼진 개울에서 자라요.

보리밭에 가득한 싱그럽고 풋풋한

보리내음을 머금고

하늘 높은 종달새의 용기가 부러워요.

붉은 기운을 품은 사과 꽃잎과

순결한 배 꽃잎은 바람꽃이 되어

바람 타고 내게 다가옵니다.

향기 실은 바람은

바람이 아니라 그리움이에요.

훈훈한 봄바람이 아니라

어머니의 따스한 사랑이지요.

배터 : 시흥시 안현동과 은행동 사이에 위치한 벌판 이름

사랑이 필요해요

주위의 사람들은 원해요.

외롭거나 힘들 때에 도움을 바라지요.

작은 위로에도 힘이 나지요.

서로가 서로를 격려해야 합니다.

우리가 사는 세상이 밝아져요.

작지만 따스한 사랑이 필요해요.

힘든 세상을 살아가는데

어머니의 따스한 사랑이 중요해요.

얼어붙은 마음을 녹여줍니다.

힘차게 달려갈 수 있도록 해줍니다.

쓰러져도 일어날 힘을 줘요

어머니의 사랑은 위대합니다.

구름 낀 하늘도 아름답지요

뭉게구름이 찾아와
해와 숨바꼭질을 하며 놀고 있지요.
점점 붉은 노을로
서녘하늘을 수놓아요.
세상이 아름답게 그림을 그리네요.
밤 구름 친구들이 떼로 몰려오니
밤하늘에 별들이 꽁꽁 숨어버리고
어둠의 친구들이 활개칩니다.
소쩍새도 울고, 갈가지도 울어요.
외양간에 어미 소도 워낭소리를 크게 내지요.
나도 나무 대문을 열고 나를 보며
미소를 보내시던 어머니를 그리워해요.
그립고 그리워요.
그리움이 있으니
구름 낀 하늘도 아름답지요.

별이 총총한 봄밤에

봄기운이 내게 왔어요.

괜스리 어슴프레한 밤길을 걸어요.

동녘 길을 지나서

매절고개를 넘어갑니다.

솔향이 가득한 마루모테에는

구름 한 점 없이 맑아, 별이 내려와요.

별이 총총한 봄밤에

내 마음이 하늘로 올라갑니다.

별과 친구가 되고파

어머니가 보고파

하늘로 별을 잡으러 올라갑니다.

나를 품어주는 별과 살고 싶어요.

나의 어머니별이요.

매절고개 : 시흥시 계수동 가일과 과림동의 중림사이에 위
치한 고개 이름

새벽 참새 소리에

한여름 이른 새벽에
처마 밑에서 나를 부르는 참새 소리에
너무 더워 뒤척이던
나는 눈을 뜨고 말았지요.
건넛마을에선
수탉이 구성지고 힘차게 울고
이따금 진돗개들이 아침이라고 소리쳐요.
새 날이 밝았으니
어서 일어나라고.
내 마음은 달려갑니다.
내 고향 가일의 우리 집으로 요.
어머니가 문을 열어주시는
정겨운 나무 대문 소리를 듣고 싶이요.
고향의 추억이 나를 불러요.

하늘을 보세요

세상을 살아가다가
힘들거나 지치면 하늘을 보세요.
솔향을 머금은 하늘에는
뭉게구름 같은 희망이 가득해요.
두둥실 떠다니며
무지개 꿈을 보여줍니다.
마음이 외로우면
매절고개에 누워 하늘을 바라보세요.
에메랄드 빛 하늘이 달려옵니다.
힘내라고 사랑을 품고 내려와요.
어머니처럼 힘을 내라고
나에게 푸른 하늘을 안겨줍니다.
내일을 향한 힘과
가슴 뛰는 오색 꿈을 주지요.

2부

소중한 그대에게

감꽃이 떨어져요

유월이 오려 하니
내 고향 가일의 마당가에 서있는
의젓한 감나무에서
수수한 듯 하얀 감꽃이 떨어져요.
내 마음도 품고
소리없이 굴러떨어져요.
꽃들은 떨어지지만
감나무에는 앙증맞은 감들이 열렸어요.
내 마음도 하얀 명주실에 꿰어
아내의 사랑스런 목걸이가 되고 싶어요.
찬 가을 서리가 내려면
감이 빨갛게 익어
아내가 맛있게 먹었으면 하는 맘으로
나는 꽃이 되어 떨어집니다.

성공이라는 꽃마차는

세상을 열심히 살아가요.

높고 힘든 산을 넘고

깊고 깊은 물을 부지런히 건너서

둘이서 뚜벅뚜벅 열심히 걸어가요.

돌부리에 넘어져도

아내의 미소 머금은 도움으로

힘겹게, 다시 일어나 걸어가지요.

소나기도 오고

눈보라도 몰아치지만

우리 마음을 녹이는 봄날도 오고

풍성한 가을도 찾아와요.

모든 게 아름다워 빙그레 웃지요.

성공이라는 꽃마차는

함께 미소로 타고 가야 아름답지요.

인생은 여행 입니다

인생은 먼 길로의 여행입니다.

때로는 고달파하는

힘겨운 긴 여행이지요.

그러나 모퉁이마다 숨어있는 행복들

놀라운 환희

그리움

작아도 소중한 배려

그리고

따뜻한 사랑으로 반겨줌이 있어

인생은 아름답구나 하지요.

안심이 되고

기쁨으로 충만함을 자주 느끼죠.

그대가 곁에 있어 오늘도 행복합니다.

함께 걸어줘서요.

바보처럼

무작정 열심히
우리는 그렇게 살아갑니다
살아보니
바보같이 살고 있는 걸 알았어요
그래도 착하게는 살지요
남들을 도와주고
배려하며 손해 보는 듯 살아갑니다.
그리워하고 기다리며 살지요.
양보하며 미련하게 삶을 살아요.
바보예요
우리는 바보입니다.
그러나
우리끼리는 참 좋아하고
사랑하며 서로 마음으로 아끼고 살아가지요.
바보는 바보를 좋아해요.

느티나무 그늘에 앉은

유월이 무르익어가요.
뜨거운 한여름 햇살에
그늘이 소중해졌어요.
느티나무 그늘에 앉은 사람이 부러워요.
밝은 미소를 머금고
잘 자란 푸른 들판을 바라보는
여유로운 사람이 행복해 보입니다.
나도 마음의 짐을 다 내려놓고
저 시원한 그늘에 앉아
아내와 도란도란 인생을 얘기하고 싶어요.
참외도 깎아 먹으며
옛 시절을 구수하게 나누고 싶어요.
소래산을 바라보며
지나간 꿈들을 털어놓고 싶어요.

하늘에서 별을 따다

하늘에는 별들이

초롱초롱하게 빛나는 때입니다.

은하수가 쏟아져요.

하늘에서 별을 따다 시로 만들어

그대에게 드려요.

언제나 곁에서 미소 짓는 아내를 봅니다.

영롱한 별을 정성으로 골라

아름다운 시로 만들어 드리지요.

그대 품에 넣어 드리고

그대 목에도 걸어 드리고

아름답고 소중하고 고귀한 그대를

별처럼 사랑해요.

설레이는 마음으로 사랑합니다.

그대는 나의 별이지요.

언제나 미소 짓는 그대

함께 살며 살아가며

때로는 힘든 날도 많이 있지만

언제나 미소 짓는 그대.

마주 보며 고운 이를 보이고

아름답게 웃어주니 참 고마워요.

보면 볼수록

뜰 앞에 피어난 하얀 도라지꽃처럼

내 마음속에서

나를 편하게 하며 힘내라 하지요.

세월이 가면 갈수록

그대가 더 소중해지고

그대의 미소가 사랑이 되어

힘들어도 힘차게 달리게 하지요.

어언 아름다운 우리의 궁전을 짓고

손을 잡고 바라보며 웃지요.

출근하며 해를 바라봐요

42

출근하며

아내와 아침 해를 바라봐요.

동녘에 붉은 해가

산 위로 얼굴을 내밀더니

다시 숨어버립니다.

이내 다시 살며시 떠오릅니다.

부끄러워

아침 해가 얼굴이 빨개졌나 봐요.

그대와 함께

떠오르는 찬란한 해를 바라보니

온 세상이 아름다워요.

아내의 얼굴도 환해집니다.

그 모습이 아름다워

오늘도 힘차게 달려갑니다.

오늘도 행복한 미소가 가득해요.

분꽃을 보려면

향기로운 분꽃을 보려면
따스한 봄날에
분꽃 씨를 들창가에 심으세요.
비가 내리고
천둥이 치고 나면
향기를 뿜어내며 꽃을 피웁니다.
참고 기다리고 기다리는
인고의 시간이 한참을 지나야
향기가 더욱더 진해집니다.
인생도 그래요.
지극한 정성으로 살아가며
세상의 향기를 소중히 품어보세요.
그대가 바로 그 향기입니다.

샛별처럼 살고 싶어요

초저녁 밤하늘을 바라봐요.

동녘이 조용하고 어스름한 밤에

잔잔한 미소 품은 아내 같은

둥근 달이 떠오르며 웃고 있어요.

오늘따라 별빛이 선명합니다.

언제나 달과 함께하는

샛별처럼 빛나며 살고 싶어요.

항상 달을 따라다니는

샛별이 부럽기만 합니다.

아내를 샛별처럼 따라다니고 싶거든요.

한없는 고마움에

때론 가슴 아린 미안함에

황금 솔밭의 밤하늘만 바라봅니다.

저 샛별처럼 살고 싶어요.

삶이란 여유롭게 바라봐야

그대를 그리워하고
사랑한다고 웅얼거려요.
해맑은 파란 하늘을 바라보며요.
하늘에는
구름 한 점 없는 유혹이 가득해요.
이역만리 프랑크푸르트 출장길에서
이제 고향으로
달려가려니 힘이 저절로 납니다.
미소 머금은 아내가 몹시 그리워요.
여유롭게 시계를 보며
지나가는 사람들의 표정도
가볍게 바라봅니다.
삶이란 여유롭게 바라봐야 아름다워요.
너그러워지고
자연의 조화에 감탄하지요.
세상의 이치를 봅니다.

삶이 익어갈 때

우리가 사는 계절에 가을이 오고

겨울이 이어 다가오듯이

우리의 인생에도 겨울이 다가옵니다.

삶이 익어 갈 때에

나는 맛 갈 난 김장김치처럼

잘 익어주길 바라지요.

정성으로 배추를 키우고

잘 다듬어 절이고 온갖 양념으로 김장 담 듯

삶에 정성을 들여요.

잘 익은 김치로 겨울을 풍요롭게 보냅니다.

우리의 삶도 가을의 문턱을 지나

겨울로 넘어갑니다.

김치가 잘 익듯

우리의 인생도 잘 익었을 거예요

보람 있는 행복한 인생이지요.

어여쁜 아내를 보며 웃어요.

미소 속에 그대는

처음 만난 날부터
우리는 서로를 알아보았고
수많은 세월 속에서
꽃밭을 함께 달리기도 했지만
낭떠러지에서 떨어져 보기도 했지요.
사랑의 열매도 여럿 맺고
열심히 살아온 그대가 고마워요.
미소 속에 그대는
나에게 커다란 힘이었어요.
달리고 달리다 지치면
그대의 미소를 보고 다시 일어났어요.
온 세상이 아름답다고
그대를 보며 말하곤 했지요.
그대가 아름다워요.

별을 따다 드려요

구름 한 점 없이 총총한
마루모테 한여름 밤하늘에
초록 별들이 솔향에 취해 내려옵니다.
나는 마음의 장대로
영롱한 별들을 정성으로 따서
비단 보자기에 담아놓지요.

누에가 그리움을 품고
시를 실로 엮어 뽑아내어 만든
비단 보자기 속에는 별들이 가득해요.
언제나 고마운 아내에게
소중한 별같이 정갈한 시들을
가슴에 가득 안겨 줍니다.

3부

내 고향, 언제나 마음속에 자리한

당신은 나의 시詩 입니다

당신은 나의 시 입니다.

귓가에 들려오는 당신의 목소리는

달콤한 음악이 되어있어요.

눈에 보이는 모습은

향기 가득한 아름다운 꽃입니다.

눈부시게 파란 하늘을 보면

싱그런 뭉게구름이 되어있고

당신이 그립고 그리워

눈을 살며시 감으면 내 속으로 들어와

나의 마음을 흔들어 놓고

고운 노래로 불러냅니다.

당신을 노래하는 내가 됩니다.

온 세상이 아름다워

시詩가 된

당신을 읊조리는 내가 됩니다.

구름 따라

가을이 깊어가는
내 고향 마루모테에
아름드리 황금소나무들은
겨울 준비로 갈색 솔잎을 몇 개 내려놓지요.
그리움을 품은 솔잎들을요.
내 마음도 그리움에 물들어
겨울로 가는 길목에서
파란 하늘을 한없이 바라봅니다.
그리움은 하염없이 구름 따라
동쪽으로 느림보처럼 갑니다.
달려가고픈 내 마음을 모르는 채
나는 쏜살같이 날아갑니다.
그리움이 머무는 그 모퉁이로

세상은 그리움으로

가을비가 자작이며 내리는
늦가을, 내 고향 마루모테에는
그리움들이 솔방울처럼 매달려있어요.
추억으로 가득한 그리움들이 무거워
마찻길에 소리없이 하나둘 떨어집니다.
찬바람이 세차게 불어와도
비에 젖은 그리움들은
아름답게 보이기만 하지요.
나도 추억 속에서 비를 맞으며
매절고개를 소리없이 넘어갑니다.
세상은 그리움으로 가득해요.
내 그리움을 가슴에 차곡차곡 쌓아놓고
빗소리를 친구 삼아 가을 속으로
조용히 들어가지요.

뿌리가 튼튼해야 해요

내 고향 마루모테에
아름드리 황금소나무들이
세상의 모진 풍파를
굳건히 견디어 내려면
뿌리가 튼튼해야 해요.
집이 날아갈 듯한 태풍이 몰려와도
비 한 방울 없는 긴 가뭄이 닥쳐도
견디어 내려면요.

소중한 우리들도
인생길을 부지런히 가다보면
어려운 일들이 많아요.
유혹에 빠져들기도 하고
돌부리에 넘어지기도 하지요.
다시 일어나 힘차게 걸어가려면
내면의 기초가 튼실해야 합니다.
성공의 비결이지요.

학생의 마음으로

내 고향 매절고개에서
파란 하늘을 바라보며 웅얼거립니다.
학생의 마음으로
평생을 열심히 살아야 해요.
배우는 마음이지요.
겸손한 마음으로 살아가야 합니다.
마음의 귀를 열어놓고
남의 말에 귀 기울여야 합니다.
많은 걸 배우지요.
많은 사람들이 모여듭니다.
지혜로운 삶이랍니다.
나도 잘하고 있나 뒤돌아봅니다.
반성하며 성장하지요.

오월의 동풍은

내 고향 황금 솔밭 마루모테에서
매절고개로 살며시 불어오는
오월의 동풍은
바람이 아니라. 그리움입니다.
산비탈 외길가에
납작 엎드린 질경이들은 수줍음이 가득해요.
몽이 져 피어난 찔레꽃들은
진한 향기로 나를 불러대지요.

황금 솔밭 마루모테에서는
쓰러뜨릴 듯한 진한 솔향과
샛노란 송홧가루가
파란 하늘에 그리움을 가득 그려요.
온 세상이 아름다워요.
솔향을 머금은 바람은 바람이 아니에요
옛 추억들의 향기예요.
오월의 동풍은 온통 그리움이지요.

동녘에 동백꽃이 피었어요

따스한 봄기운이
내 고향 동녘에 불어오면
양지바른 산기슭 산동백은
노란 꽃을 소리없이 뿜어내지요.
아무 기척 없이
여린 노란색을 올려와 봄을 알려요.
어릴 적
할머니는 색경 앞에 앉아
참빗으로 머리를 가다듬고
윤이 나게 동백기름을 바르셨어요.
방물장수에게서 사신
그 빗으로 봄단장을 하셨지요.

매절고개를 넘어가면

여린 봄을 따라
내 고향 매절고개를 넘어가면
그리움을 품은 황금 솔밭이 나에게 와요.
진한 솔향을 뿜어내며
참새들도 달려와 나를 반기지요.
마찻길을 따라
연녹색 새싹이 나를 부르고
저 멀리 길모퉁이에
미소 띤 어머니가 나를 기다리는 듯해요.
나는 달려갑니다.
사랑을 품고 힘차게 달려가요.
산비둘기도 나를 따라오지요.
온 세상이 푸르름으로 가득 차는 듯
내 마음도 힘차지요.

꽃잎이 휘날리더니

따스한 봄바람에

벚꽃 잎들이 꽃비를 날리더니

앙증맞은 열매들이 나를 보고 웃어요.

꽃비를 맞아 자랐나 봐요.

내 마음도 봄비를 맞아

그리움의 싹이 자라나요.

그리움이 자라서 사랑이 되겠지요.

오월이 되면 내 고향 마루모테 냇가에서

찔레꽃 향기에 취해

그리움에 취해 비틀거립니다.

그리워요 모든 게요.

이렇게 봄 사랑은 시작되었지요.

꽃동산을 만들어요

여린 꽃을 품고 오는
새봄이 나에게 다가왔어요.
그리움을 품은
설레임과 함께 온 꽃들이 아름다워요.
노란색으로 분홍색으로
하얀색으로…
내 고향 솔밭 마루모테를 수놓아요.
나도 꽃이 되어
무지개 꿈을 품은 꽃동산을 만들어요.
세상이 꽃으로 변해가지요.
내가 변해가요.
온 세상이 아름다워요.

하늘을 보며

하늘을 보며 걸어요
나의 소중한 꿈이 거기 있으니까요.
해맑은 그리움이
무지개처럼 그려져 있고
사랑이 온 하늘을 소리없이 품어요.
나는 설레이며 걸어가요.

황금 솔밭 마찻길 가에 앉아
하늘을 나는 산비둘기에게 말해요.
솔향 같은 나의 오색 꿈을
정성 가득한 내 사랑을
새하얀 뭉게구름 편에 전해 달라고
니는 설레이며 말해요

감자 꽃이 필 무렵에

감자 꽃이 필 무렵에

감꽃도 피고

논에는 모내기가 끝나가지요.

참개구리들이

제 세상이 왔다고 밤마다 합창을 해요.

나도 그리움을 품고 노래하지요.

자꾸만 그리워서

동쪽 하늘만 바라보면서요.

내 그리움은

마루모테에서 시작됐어요.

맛있는 감자를 품은

소박한 감자 꽃 같은 그리움으로

설레이며 시작했지요.

사랑은 예쁘게 익어야

사랑은 예쁘게 익어야 한다는 걸
나는 이제야 알았어요
덜 익은 사랑은 쓰고 아프답니다.
쓰더라고 참고 기다려야 해요.
그리운 님의 고운 목소리를 듣고 싶으면
가슴이 아프더라도
타정모테 길가 감나무 가지 끝에
악착같이 매달려 있다가
지나가는 산들바람이
전하는 말이라도 들을 거예요.
기다리고 기다리면 반드시 들어요.
하늘에 정성을 들이며
자꾸만 기다리고 기다립니다
그러면 환청이라도 들어요.

하얀 개망초의 바다에서

유월의 자연 속에
내 고향 매절고개 너머에는
하얀 구름이 언덕을 수놓은 듯해요.
마루모테로 내려가는 길목에
밤나무들도 가지가 휘도록 꽃을 피우고
이에 질세라
개망초들도 꽃들을 만발하게 하지요.
하얀 개망초의 바다에서
나는 힘차게 달려 내려갑니다.
하얀 꽃 같은 어머니가 그리워
꽃 대궐을 이룬 꽃밭으로 달려들어요.
철없는 어린아이처럼
갓 태어나 신이난 망아지처럼
무작정 뛰어 들어가지요.

매절고개에서

어릴 적 추억이 가득한
내 고향 매절고개에서
별이 빛나기 시작하는 하늘을 바라봅니다.
그리움이 별이 되어
하나둘 나에게 내려옵니다.
별 하나에 인자하신 할아버지가
별 둘에 미소 띤 나의 어머니가
별 셋에 지저귀던 종달새가
그리고 눈이 선한 누렁소가
나는 그리움에 소리없이 울고 말아요.
매절고개에는 별들이 가득히 내려왔어요.
나의 어린 꿈들이
나의 추억들이 다 쏟아져 와
나는 푹 묻히고 말았지요.

솔잎 사이로 둥근 달이

보름달이 며칠 지난 가을날
내 고향 황금 솔밭 마루모테의
아름드리 황금소나무 가지 위
솔잎 사이로 둥근 달이
소리없이 부끄러운 듯 떠오르면
골짜기를 밝히는
은은한 달빛의 신비로움에
나의 영혼은 마찻길 가에 주저앉고 말지요.
그동안 그리움을 보관했던
심연의 그 보따리를 주체할 수 없어
눈을 감고 통곡을 합니다.
달이 나를 위로해 줄 때까지
눈물을 토해내며 그리움에 빠져있지요.
모든 게 그리울 뿐이에요.

서편에 초생달은

해가 지자
부끄러운 듯 얼굴을 내민
서편에 초생달이 나를 불러요.
잔잔한 덕우리 저수지도
나즈막한 건달산도
초생달이 부러워 숨을 죽이고 기다립니다.
하나둘 산기슭에 불이 밝혀지고
점점 그리움이
어둠처럼 나를 엄습합니다.
가만히 있는 나는 어둠에 묻혀가요.
삶이 나를 품어 버리고
나는 그리움에 울어요.
이 세상을 사랑하며 그리움을 기다려요.
울면서 행복해하지요.

덕우리 저수지 : 경기도 화성시 봉담읍에 위치 함

시월이 지나가면

찬바람이 거세게 불어와
가을을 끌고 겨울나라로 가요.
외로운 단풍잎들은
나무에 매달려 안간힘을 쓰지요.
겨울로 가기 싫어해요
시월이 지나가면 나는 더 외로워져요
온 세상이 옷을 벗고 겨울로 끌려가지요

오색단풍으로 아름다운
내 고향 마루모테에 솔향 길가에
시월이 지나가면
나는 함박눈을 기다리지만 싫어요.
그리움이 나를 불러요.
세상이 깊은 그리움으로 가득해요.
노래 소리가 바람소리로 변해 들리지요.

4부

아름다운 자연, 내 삶의 반려

[이해인 시인이 보내준 시집의 친필사인]

들풀 꽃씨를 보내요

그대에게

이름 모를 들풀 꽃씨를 보내요.

촌스러운 포장에

예쁘지도 않은 꽃이랍니다.

잔잔한 미소를 머금고

해맑은 뭉게구름을 바라보며

열심히 자라난 소중한 꽃씨예요.

남들이 알아주지는 않아도

정갈한 마음으로

꿈꾸는 마음으로

사랑하는 마음으로

가꾸어 채집한 꽃씨입니다.

수줍어하며

사랑하는 마음으로 보낸답니다.

그대를요.

흔들리는 소나무처럼

창가 양지 짝에
바람에 흔들리는 소나무처럼
하늘을 바라보며 열심히 살고 있어요.
봄이 오면 송홧가루를 날리고
여름이면 무더위와 비바람을 이겨내고
가을이면 갈색 솔잎을 살짝 떨구며
그리움을 품지요.
겨울에는 기다립니다.
함박눈이 나를 감싸주기만을 …
묵묵히 서서
겨울 그리움이 위로해주길 기다려요.
너무 외로우면
바람소리 따라 울지요.

군자란의 마음처럼

군자란은 봄이 옴을 알고

소리없이 꽃을 화려하게 피우네요.

아무 말 없이 모진 추위를 견디고

화사한 주홍색으로 봄을 알려 와요.

꼭 추운 겨울을 지내야 꽃을 피우지요.

그 심오한 마음을

누가 알아주지 않아도

자기만의 길을 묵묵히 이어갑니다.

소리없이 화사하게

향기도 사방으로 퍼뜨리지 않고

꽃 속에 가득 품고 있다가

향기를 찾는 사람에게만 주지요.

군자란의 마음처럼 살고 싶어요.

세상의 꽃들이 내게로

어느 화창한 새 봄날에
세상의 꽃들이 내게로 왔어요.
모두가 아름답고 신비롭고
가슴 뛰게 하는 향기를 품고
내 품으로 깊이 뛰어 들어왔어요.
세상이 아름답게 보이고
기쁨으로 충만하여 하늘을 날 듯해요.
사랑하는 마음으로 가득해요.
그것은
아주 작은 사랑이 내게 온 것이에요.
나도 모르게 내 속에는
꽃처럼 아름다운 사랑의 씨가 들어왔어요.
아름다운 세상이 들어왔어요.

노란 매실이 익기까지

따스한 봄바람에

홍매화는 추운 줄 모르고 피어났어요.

진한 향으로 나를 부르더니

살랑이는 바람에 꽃비를 뿌리지요.

쥐눈이콩보다 작은 수줍은 열매로

봄 일로 바쁜 나를 설레이게 했어요.

비바람과 천둥소리에 놀라

밤알 만해지더니

완숙한 모습으로 노랗게 변해갑니다.

봄이 지나가고 있는 거예요.

매실이 노랗게 익어갈수록

온 세상이 푸르름으로 아름다워졌어요.

나도 아름다워져 갑니다.

송홧가루를 품고

오월에 들어서니
소나무들은 송홧가루를 품고
숨을 죽이고 하늘을 봐요.
바람이 불면 골짜기를 노랗게 물드리려고
쥐 죽은 듯 소리없이 기다립니다.
나도 나의 그리움을 가득 품고서
바람에 실려 보낼 때를 기다려요.
착한 산비둘기 편에
내 마음을 실어 보내어
새하얀 뭉게구름에게 전해주고 싶어
하늘 만 바라보며
기다리고 기다리지요.
봄 그리움은 이렇게 시작되었어요.

살아가는 길에서

우리가 살아가는 길에서
맘에 따라 삶의 크기가 달라집니다.
인생을 즐기며 편히 살려면
나만을 위해 열심히 노력해야지요
무난히 잘 살고 여유로운 생활이 돼요.

아주 큰 부자로 살아가려면
내가 열심히 노력하고도
남들이 나를 도와주어야 합니다.
부자는 남들이 만들어 주는 것이지요.
남들에게 정성을 들여야 합니다.

위대해지고 싶으면
열심히 살고, 남들이 도와주고도
그리고 또 하늘이 도와주어야 합니다.
하늘이 도와줄 수 있게
지성으로 이 세상을 살아야 합니다.

꽃처럼 살라지만

사람들은 말해요.
세상을 아름답게 살려면 꽃처럼 살라고.
허나 나는 알아요.
꽃처럼 살려면 얼마나 힘든지를
시샘 추위를 이기고 땅 위로 나와
심한 비바람도 이겨내고
모진 병마와 싸우고
가뭄과 홍수에 땅을 부여잡고
오직 하늘만 바라보며
끈질기게 살아야 한다는 것을
그리고 천신만고 끝에
아름다운 꽃을 피워도
장난꾸러기가 꺾어 갈 수 있다는 걸
그래도 나는 꽃처럼 살고 싶어요.

달맞이꽃과 분꽃

우리 집 울타리에 다소곳이

자라올라 수줍은 듯 오므리고 피어난

연노란 달맞이꽃이 나를 보고 인사해요.

장독대에도 연분홍으로

오므리며 피어있는 분꽃도

해를 부끄러워하나 봐요.

나처럼 수줍음을 많이 타고 있어요.

그러나

어둠이 몰려오면 활짝 피어나

그리운 사람을 웃음으로 기다립니다.

나와 함께 기다리고 기다려요.

나도 달맞이꽃과 분꽃처럼

밤에만 피어나 기다리며 살고 싶어요.

그리움을 가슴에 품고 있다가

기다리는 마음

내 고향 마찻길 가에
수줍은 듯 피어있는 달맞이꽃.
묵은 밭에 개망초는 지천을 이루고
나도 달맞이꽃처럼
그대를 말없이 기다립니다.
언제나 내게 오시려나
밤에는 그리움의 꽃날개를 펴고
낮에는 산비둘기처럼
솔향 가득한 소나무 아래 웅크리고 앉아
바윗길을 바라보고 있지요.
그리움을 품고
기다리는 마음은 설레이기만 해요.
산비둘기도 내 마음을 알아줄 거야
위로받으며 기다립니다.

정원의 의자에 앉아

정원의 의자에 앉아
쓰르라미들의 숲속 공연을 관람하지요
산에서 불어오는
한 자락 바람이 강물을 거쳐온 듯
알맞게 시원해요.
싱그런 소나무 아래
잉크 머금은 맥문동 꽃들이 나란히 피어있고
나뭇가지엔 산 까치가 내려다봐요.
이렇게 숲속 벌레들이
신나고 시원스레 합창을 해오면
난 어느새
그대가 부르는 목소리인 듯하여
내 고향 마루모테 솔밭으로
그리움을 품고 내달리지요.
그대가 아직도 기다리고 있으려나
설레이듯 맘 조리며요.

느티나무 가지들이

오월에 푸르름 속에

싱그런 느티나무 가지들이

하늘을 향해 힘차게 올라가다가

나를 보고 고개 숙여 인사해요.

나도 반가워 인사합니다.

겸손해진 것은 안으로 의젓해짐인가요.

커감에 따라

안으로 안으로 익어갑니다.

나도 그렇게 닮아가지요.

겉으로 화려한 포장보다

속으로 알찬 것이 참 중요해요.

나를 낮추고

상대를 높여주는 것이

인생길에서 지혜로운 것입니다.

느티나무에게서 배워요.

칡꽃이 숨어 피는 까닭은

말복이 한참 지나고

8월 하순의 더운 기운이 나를 불러요.

마루모테 양지짝 산자락에는

칡넝쿨이 사방으로 신나게 퍼져가지요.

시원한 바람이 불어오니

넓은 잎사귀 뒤에 숨어 있던

붉은 듯 자주색 앙증맞은 꽃들이 수줍은 듯

보이더니 이내 숨어 버립니다.

목련은 꽃을 자랑하려고

잎들이 나오기도 전에 먼저 피어나요.

벚꽃도 살구꽃도 그래요.

칡꽃이 숨어 피는 까닭은 무엇일까

가만히 다가가 물어보니

말없이 볼만 빨개지고 대답이 없어요.

나는 알아채고 미소 품고 돌아오지요.

내 마음 같아서요.

살아간다는 것이

우리가
오늘을 살아간다는 것이
마냥 쉬운 것은 아니지만
그래도
산다는 게 가치가 있는 것이지요.
길을 가다보면
산을 넘고 물을 건너듯이
우리의 인생길도
편할 때와 힘들 때가 있어요.

우리는
언제나 인내하며
인생길을 부지런히 걸어야 합니다.
살아간다는 것이
열심히 걸어가는 것이지요.
희망을 품고서

그리움을 품은 나무들은

내 고향 마루모테에

가을바람이 솔솔 불어와요.

그리움을 품은 나무들은

점점 변해갑니다.

푸른 잎들을 노랗게 빨갛게 만들어가요.

오래 묵은 그리움들은

오색으로 나무 잎들을 변하게 하네요.

사연마다 색깔과 모양을 꾸미고

정성을 들여 아름답게 만들어가지요.

나도 나의 그리움들을

소중히 그림처럼 채색해 갑니다.

서리가 내릴 때까지

산자락에 그리고 그려요.

그리움을 품은 세상은 아름다워요.

은행나무는 알 거예요

겨울이 오는 길목에서

내 고향 계수리의 찬란한 햇살을 머금고

황홀한 황금색을 뿜어내는

웅장한 은행나무는 우리를 알 거예요.

우리들 인생의 여정을

묵묵히 바라만 보고도

안으로 안으로 숨겨 왔으니까요.

힘들어도 열심히 살아온 아내를 바라봐요.

최선을 다해 살아왔나

선한 마음으로 이웃을 대했나

단풍의 아름다움을 알고는 사는가

하늘에 정성으로 빌고 빌었는지도…

세상이 아름다워 보일 때

우리의 인생은 성공한 것이지요.

추석이 지나가고

정갈한 마당가에는

대추알이 붉은빛으로 변해가고

사닥다리 논에는

벼들이 고개를 숙이며 바람을 따라가요.

동녁산에는 밤들이

싱싱한 아람을 활짝 벌리고

도토리도 신이 나서 땅으로 떨어집니다.

매절고개로 향하는

한적한 밤나무 오솔길에서

산비둘기들이 서로 사랑을 나누지요.

가을이 깊었어요.

그리움이 알밤이 되어 떨어지고

나는 외로움에 땅을 보고 걸어요.

모든 게 그리울 뿐이지요.

시월이 참 좋아요

고운 빛깔의 단풍잎들이

가을이라는 바람을 타고 나에게 다가와요.

산 위에서 살며시 내려옵니다.

그림에 물감을 칠하듯

점점 더 진해지며 조용히 나에게 와요.

이른 봄부터 나무들은

몰래 단풍마음을 품고 움을 틔워 자랐지요.

모진 비바람에도 먼지 가뭄에도

내색 없이 안으로 색깔을 만들었어요.

그 몸서리치는 무더위도

천둥과 번개의 날벼락에도 참고 참아

세상에서 제일 아름답고

찬란한 가을 색을 뿜어낸답니다.

찬이슬이 가을이 왔다고 부를 때까지

가슴에 진주를 품듯 숨겨 놓았었지요.

매서운 추운 겨울이 와도

이겨낼 수 있는 지혜를 몸에 만들어주고
그런 단풍이 있는 시월이 참 좋아요.

밤송이 지게에

구월 하순이 되니

내 고향 동녘산 높은 밤나무 가지

주먹만 한 밤송이들이 아람을 벌기 시작해요.

웃음 머금은 할아버지는

바소쿠리 지게를 지고

장대를 끌고 밤을 따러 갑니다.

나도 찝게를 들고

대 소쿠리를 옆에 끼고 따라가지요.

높은 가지에서 밤송이들이 떨어집니다.

소쿠리에 담아 지게에 올리지요.

가득한 밤송이에 힘든지도 몰라요.

밤송이 지게에 정성이 가득해요.

풍년이 가득해요.

할아버지의 손자 사랑이 가득하지요.

나도 신이 나지요.

소래산은 외쳐요

내 고향 서쪽에

의젓하게 앉아 있는 소래산은

나를 보고 힘차게 외쳐요.

소래산의 마음을 아냐고

너는 어떻게 세상을 살고 있는지

세상이 너에게 무얼 바라는지 아냐고

우리가 잘 사는 길을 아는지

소리없는 함성으로

내 가슴을 치며 외치고 외쳐요.

나도 아내에게 속삭입니다.

나도 열심히 살아가고 있다구요.

당신에게 부끄럽지 않게

작은 일에도 정성을 다해 살아갑니다.

소래산의 마음을 품고

소래산처럼 살아가려고 합니다.

5부

여행지에서

멕시코시티의 사람들

멕시코시티에서

하늘을 보고 사람들을 바라본다

알맞은 더위에

싱그러운 나무들 속에서

모두들 열심히 살아간다

순수한 마음을 품은 사람들의

맑은 미소에 나도 편한 마음으로 닮아간다.

여기 사는 사람들의 착한 마음에

나의 마음도 녹아든다.

심장이 따뜻한 사람들

심장을 소중히 여기는 사람들

그들은 아주 열심히 살아간다.

그래서

멕시코시티는 아름답고 내일이 밝다.

힘차게 뛰는 심장의 나라다.

디트로이트의 다림질

내일 아침에
바이어를 만나기 위해
늦은 밤이지만 나는 다림질을 시작했다.
정성으로 바지에 줄을 세우고
행여 구김이 있나
살피고 살피며 다리고 다린다.
어릴 적에 어머니께서
장독대에 정한수를 떠다 놓으시고
정성어린 기도를 하신 것처럼
나도 다림질에 정성을 들이고 드린다.
비록 작은 일이라도
지극한 정성을 들이면
하늘이 나를 도우실 거라 믿으면서
나는 열심히 살아갈 뿐이다.

히메지로 가는 길에

도쿄의 시나가와에서
신칸센을 타고 히메지로 가는 길은
내 마음처럼 바쁘다.
창밖에서는 빗방울조차
나를 재촉하려는 듯 차창을 마구 때린다.
유월의 하순이 주는
자연의 싱그러움과
달리는 기차의 힘찬 돌진이
나의 가슴을 치며 내일을 향해 달리게 한다.
나는 오늘도
돈을 벌기 위해 일본을 달린다
어제는 도쿄에서
오늘은 히메지로
내일은 나고야로
이어 밤늦게는 내 고향으로 날아간다.
어서 달려가 사랑스런 아내가
정성으로 타주는 커피를
마주 앉아 웃으며 마시고 싶다.

나고야의 중부공항은

장마가 깃든 유월의

나고야의 중부공항은

온 하늘이 비를 머금은 듯 무겁다.

활주로로 이동하는

비행기조차 조심스럽게 움직인다.

처마 밑에서 까불대는

귀여운 참새들도 하늘을 바라보며

비를 무서워하고 있는듯하다.

그러나 평화롭기만 한

나고야의 사람들은 미소로 인사하며

집으로 돌아가는 나의 발길을

가볍게 만들어준다.

자연스럽고 아름다운 사람들이 사는

나고야가 정감이 있어 좋다.

Nagoya Central International Airport에서 서울 인천공항
으로 가는 비행기를 기다리며

나도 Black forest가 되어

프랑크푸르트에서
남쪽으로 나무들을 따라 내려가면
싱싱하게 우거진
숲의 내음들이 나를 반긴다.
이게 살아있는 자연이구나 하듯이
소나기가 지나가면서
소리조차 맑게 나에게 인사를 한다.
나에게 안기듯 달려오는
소나기가 주는 진한 숲의 향기여!
나도 Black forest가 되어
나의 마음을 편히 내려놓는다.
때로는 살아가는 한 떨기의 수국이 되어
꽃의 요정을 보고 웃고 만다.
이게 사람 사는 거구나
내가 나를 보고 환하게 웃는다.
숲의 향기에 취해서

개브제의 사람들은

열심히 살아가는

Istanbul 근처의 Gebze의 사람들은

오늘도 미소를 머금고

밝은 세상을 보며 여유롭게 살아간다.

하늘은 맑고 바람은 알맞게 시원하다.

내 마음도 덩달아 시원해진다.

우리는 왜 사는가

어떠한 곳에서 와서

어떻게 살다가 어디로 가는가.

소중한 인생을 잘 살다 가는 것일까.

물어보는 사람도, 나도 잘 모른다.

그래도 우리는 열심히 살아간다.

이곳의 사람들도

나처럼 열심히 살아간다.

그렇게 최선을 다하면 되는 것이다.

헝가리에서 체코로

헝가리 Budapest -keleti역에서

Kolin행 기차를 타고

힘차게 달리고 달린다.

가다가 Breclav역에서 Ostrava행으로

갈아타는 게 신경이 쓰인다

그래도 더 많은 수출을 위해서는

열심히 달려가야 한다.

헝가리에서 체코로 기차로 가는 여정은 참 길다.

차창에 비치는 달빛에

호수에 빛나는 불빛에

열심히 뛰어가야 하는 내 마음에

어머니의 그리움이 소래포구의 파도처럼 몰려온다.

어린 나를 데리고 게를 잡으러

냇둑을 따라서 사시던 어머니가 달려온다.

나도 어머니처럼 열심히 살아야지

하늘에 비는 마음으로 살아야지

각오를 다지며 달리고 달린다.

*체코 Ostrava에서

부록

손녀, 유연의 시

[수영장]

진달래

유연

진달래는 참새가 짹짹 거리는
봄에 피지만
꽁꽁 겨울에는
내 마음 속에 피어 있지요.
아무리 마음이 아파도
내 마음의 진달래는
시들지 않아요.
아주 아름 답지요.

[언덕 위의 나무]

나무

유연

나무는 이산화탄소를 먹지요
그러면 우리는
좋은 공기가 많은 곳에서 살 수 있어요
하지만 많은 사람들이
나무를 자르지요
그리고
나쁜 매연을 많이 만들어요
매연이 많으면 건강에 안 좋아요
우리는
꼭 나무가 필요해요
나무를 많이 심는 게 좋은네

고향, 어머니, 아내를 위한 노래

尹 錫 山
(한양대 명예교수, 한국시인협회장)

고향, 어머니, 아내를 위한 노래

1

유태승 시인은 시인이다. 이런 말을 서슴지 않고 하는
이유는, 다름 아니라 유태승 시인은 시단의 등단이나,
어떠한 인위적인 절차를 별로 중요하게 여기지 않고, 그
저 쓰고 싶어 시를 써온 사람이기 때문이다. 가장 자연
스럽게 시를 쓰고 싶어서 시를 쓴다는 것에서 이 시인이
참으로 진정한 시인이 아닌가 생각이 된다.

대부분의 시인들도 처음에는 시를 쓰고 싶어 시를 쓴
다. 그러다가 시인이라는 절차를 밟고 또 시로 어느 정
도 이름을 얻게 되면, 시를 위한 시를 쓰기보다는 자신
을 위해 시를 쓰는 것이 일반이기 때문이다. 그래서 때
로는 시 쓰기가 자신을 드러내는 방편이 되기도 하고,
심지어는 문화의 권력이 되기도 하는 것을 종종 본다.

유태승 시인은 타고난 시적인 감수성을 지닌 한 사람
으로서 자신의 삶, 자신의 지난 이야기 등을 무엇으로

표현해 볼까 하다가, 자신이 지닌 시적 감수성을 십분 살려 시로 표현하였고, 이 쓴 시들을 아무러한 여과 없이 시집으로 묶어 출판을 했다. 출판을 한 이후 대부분의 시인들은 같은 시를 쓰는 선배나 마음에 드는 후배 시인들에게 보내므로, 자신의 시를 그들이 읽기를 은근히 기대를 한다.

그러나 유태승 시인은 자신의 시집을 시단의 그 누구에게도 돌리거나 보여주지를 않았다. 자신의 집안 식구들, 또는 자신이 하는 사업체와 연관을 맺고 있는 사람들에게 나누어 주고, "저는 이렇게 나를, 또는 나의 지난 삶을 시라는 형식에 담고 있습니다." 하는 데에 그치곤 했다. 이러한 유태승 시인의 모습이 안쓰럽다고 생각한 어느 지인께서 유 시인을 어느 문학잡지에 소개를 하고, 등단이라는 절차를 밟게 했다. 그러나 이러한 절차 이후에도 시단에는 전혀 기웃거리지 않고 시집을 묶어내고는 자신의 지인들에게 나누어주는 일만을 해왔다.

이러한 모습으로 미루어 보아, 유태승 시인은 자신의 생활 속에서 시를 즐기며 쓰는 사람이지, 결코 시단에서 이름을 얻고, 이를 이루려는 사람이 아님을 알 수가 있다. 따라서 유태승 시인이야말로 진정한 '생활시인'이라고 부를 수 있을 것이다.

이러한 유 시인의 시를 읽어보면, 자신의 삶을 아무 러한 왜곡 없이 바르게 드러내고 있음을 볼 수가 있다. 어떠한 시적인 기교보다는 자신의 질박한 삶의 모습을 정직하게 표현하는 유태승 시인의 시적 성취에서 '기 교보다 정신을 높이 평가해 온' 동양적인 시에의 모습 을 발견하게 된다.

일찍이 공자께서 "『시경(詩經)』 시 삼백 편을 한마 디로 이야기한다면, 사무사(詩三百 一言蔽之曰 思無 邪)이다."라고 하였다, 시라는 것은 '사무사(思無邪)', 즉 정서와 사유가 어긋나지 않고 일치된 상태로, 매우 정직하여서, 사(邪)됨이 전혀 없는 경지를 이루는 데에 있다는 이야기이다. 유태승 시인의 시는 바로 이와 같 은 동양의 시관(詩觀), 또는 동양적 시적 세계와도 통 한다고 하겠다. 그런가 하면, 동양 정신의 하나인 인위 적인 꾸밈이 아닌, 무위(無爲), 즉 자연스러운 발로를 그 중심에 두는 그러한 세계와도 통하는, 그런 경지를 보여주는 시들이라고 하겠다.

2

유태승 시인이 쓰는 시의 세계는 대부분이 고향, 어 머니, 가족 등이다. 이러한 소재의 시가 유 시인의 시 작품 중 줄잡아 90%, 그 이상을 차지하고 있다. 고향에의 그리움과 어머니에 대한 그리움, 그리고 가족, 특히 부인에의 사랑이 유 시인의 시를 쓰게 하는 원천이며, 동시에 오늘의 유태승이라는 한 사람으로 살아가게 하는 중요한 힘이요, 원동력이 됨을 볼 수가 있다.

고향, 어머니, 가족은 어떤 의미에서 서로 같은 맥락으로 이어지는 대상들이다. 가장 원초적인 그리움의 대상이며, 동시에 가장 아끼고 사랑하는 대상이라는 점 이외에도 고향, 어머니, 가족은 '나'라는 한 존재의 근원이라는 면에서 더욱 그러하다. 고향은 나의 근원이며, 어머니 또한 나의 근원이라는 면에서 서로 동일하다. '나의 근원'이기 때문에 더욱 더 그리움의 원천이 되는 것이기도 하다.

말복이 가까운

무더운 한여름밤에

하늘에서 별들이 내려와 나를 불러요.

어머니가 그리워

가만히 앉은 마루모테에

은하수 별들이

진주가 되어 쏟아집니다.

별에 이끌려 하늘로 올라가고 싶어해요.

차라리 눈을 감아버립니다.

영롱한 별들이 밝게 빛나는

밤하늘로 어머니를 찾아 날아가요.

나를 찾아가요.

온 세상이 별천지입니다.

그리움을 품은 아름다운 별 세상요.

- 「별들이 내려와」 전문

　유태승 시인은 중학생 때에 어머니를 여의었다고 한다. 어머니를 일찍이 잃은 소년 유태승은 늘 어머니를 그리워하며 오늘까지 살아왔다. 그래서 고향을 생각하면, 으레 어머니가 떠오르고, 또한 살아가다가 어려울 때나 기쁠 때나, 어떤 일과 만날 때면 언제고 어머니가 떠오른다고 한다. 그런가 하면, 어머니께서 해주신 음식을 보아도, 지나다가 밭을 봐도 밭을 매시던 어머니가 떠오르고, 어머니는 유태승 시인의 삶 어디에고 자리하고 있으며, 유 시인의 그리움의 원천이 되고 있는 것이다.

　별빛이 쏟아지듯이 총총히 비추고 있는 고향 마루모테 밤하늘 아래 앉아 있으면, 저 먼 별나라 어딘가에 계실 것만 같은 어머니를, 시인은 찾아가고자 상상의 나래를 편다. 어머니에 대한 그리움은 마루모테에 아름다운 진주가 되어 쏟아지고, 또 밤하늘 그득 은하수가 되어 흐르기도 한다. 그래서 차라리 두 눈을 감고는 별빛이 영롱하게 빛나는 머나먼 밤하늘로 어머니를 찾아 날아가곤 하는 것이다.

온 세상은 별들로 가득한 별들의 천지이고, 그 별들 하나하나는 모두 어머니에 대한 그리움을 품은, 그 그리움으로 반짝거리는 별들이 되고 있는 것이다. 그러므로 결국 밤하늘 가득한 별, 별빛은 바로 시인의 그리움을 담은 별들로, 그 그리움의 마음을 반짝이고 있는 것이다.

오늘도 먼 하늘을 바라봅니다.
해가 서녘하늘에서 뉘엿뉘엿지면서
새색시처럼 수줍은 듯
연붉은 화장을 하늘에 남겨 놓았네요.
나는 그리움에 흠뻑 빠져
나의 마음에 얼굴을
내 고향 마루모테 냇가에서
막 세수를 하고 하늘로 올라갑니다.
그곳에는
어머니가 잔잔한 미소로
나를 기다리고 계실 것 같아요.
그리움은 하늘에 가득해요.

하늘만 바라보아도

온 세상이 무지개처럼 아름답지요.

- 「먼 하늘을 바라보며」 전문

일찍이 어머니를 여읜 유태승 시인에게 먼 하늘은 어머니께서 계시는, 돌아가신 어머니가 계신 곳이라고 생각을 한다. 그래서 하늘만 올려다보아도, 그곳 어디엔가는 어머니의 잔잔한 미소가 나를 바라보며, 또 나를 기다리고 웃고 계실 것 같고, 그래서 하늘만 올려다보아도 온 세상이 무지개처럼 아름다워 보이고 있는 것이다. 그래서 고향 마루모테 냇가에서, 막 세수를 하고는 어머니께서 계신 그 하늘로 마음을 올려 보낸다.

이렇듯 유태승 시인은 고향과 어머니에 대한 그리움은 그의 시적 본향이며, 시를 샘 솟듯 퍼 올리는 그 원천이 되고 있다. 그래서 이 시의 샘과 함께 유 시인은 하루에도 여러 편의 시를 쓰고, 여느 시인들보다 많은 작품을 바쁜 사업을 하는 중에도 왕성하게 쏟아내고 있다. 이러한 모습은 시라는 특별한 예술 활동이라기보다는 시 쓰기가 하나의 생활이 된 그런 모습이라고 할 수가 있다.

어머니와 함께 유태승 시인의 가장 중요한 시적 모티브가 되고 있는 것은 앞에서도 이야기한 바와 같이

'고향'이다.

3

　고향은 언제나 마음속에 자리하고 있는 것이다. 그리고 그 고향은 언제고 나를 감싸주고 또 내가 마음 놓고 뛰어들 수 있는 곳이다. 어디 세상에 마음을 다 해서, 마음을 놓고 뛰어들 수 있는 곳이 몇 곳이나 되겠는가. 그러나 고향은 아무러한 조건도 또 무엇도 없이 나의 모든 것을 풀어버리고 뛰어들 수 있는, 그런 곳이다.

유월의 자연 속에
내 고향 매절고개 너머에는
하얀 구름이 언덕을 수놓은 듯해요.
마루모테로 내려가는 길목에
밤나무들도 가지가 휘도록 꽃을 피우고
이에 질세라
개망초들도 꽃들을 만발하게 하지요.
하얀 개망초의 바다에서
나는 힘차게 달려 내려갑니다.
하얀 꽃 같은 어머니가 그리워
꽃 대궐을 이룬 꽃밭으로 달려들어요.
철없는 어린아이처럼

갓 태어나 신이난 망아지처럼

무작정 뛰어 들어가지요.

- 「하얀 개망초의 바다에서」 전문

　우리나라 유월이면, 그 어디에서고 볼 수 있는 개망
초꽃. 하얀 꽃을 피우는, 어찌 보면 여릿여릿한 아가씨
같기도 하고, 어수룩한 시골 소녀 같기도 한 꽃, 개망초
꽃. 우리나라 산천이면 어디에서고 볼 수 있는 그런 꽃
이다.

　어린 시절 바라다보던 고향의 풍경인 개망초꽃이 군
락을 이루고 피어 있는 풍광을 시인은 떠올린다. 그래
서 늘 마치 바다와 같이 드넓게 개망초꽃이 피어 있는
고향으로 달리고 달려간다. 어디 늘 그 마음이 고향으
로 달려가지 않는 사람이 있겠는가. 그렇지만 유태승
시인의 고향에 대한 애정과 그리움은 늘 남다르다는
생각을 갖게 한다.

　그래서 '비록 산천 어디에고 지천으로 피는 개망초꽃
이지만 시인에게는 그 무엇보다도 소중한 '꽃 대궐을
이룬 꽃밭'이 되고 있으며, 그 꽃 대궐로 '철없는 어린
아이처럼 / 갓 태어나 신나는 망아지처럼 / 무작정 뛰
어'든다. 고향만 생각하면, 어머니만 생각하면, 아무리
나이가 환갑이 지났어도, 또 그 신분이 아무리 높아졌

어도 '철없는 아이'가 되고, '갓 태어난 망아지'와 같이 되어 무작정 뛰어들게 되는 것이다.

바로 이와 같은 모습에서 유 시인의 고향에의 진솔한 그 마음을 읽을 수 있다.

여린 꽃을 품고 오는

새봄이 나에게 다가왔어요.

그리움을 품은

설레임과 함께 온 꽃들이 아름다워요.

노란색으로 분홍색으로

하얀색으로…

내 고향 마루모테를 수놓아요.

나도 꽃이 되어

무지개 꿈을 품은 꽃동산을 만들어요.

세상이 꽃으로 변해가지요.

내가 변해가요.

온 세상이 아름다워요.

– 「꽃동산을 만들어요」 전문

위의 시 역시 유태승 시인의 고향에의 진솔한 마음이 잘 그려진 작품이다. 혹독했던 겨울이 지나가고 봄이 찾아오면, 세상은 온통 새로운 꽃으로 축제의 마당과 같이 변한다. 어쩌면 사람들은 봄을 그리는 그 마음 때문에 혹독한 겨울을 견디는지도 모른다. 이 혹독한 추위가 지나고 말면, 이내 봄이 온다는 희망이 사람들로 하여금 겨울을 견디게 하는 가장 큰 힘이 되지 않나 생각된다.

고향을 그리워하는 사람에게는 더욱 그러할 것으로 생각이 된다. 새봄이 다가오면, '그리움을 품은 / 설레임과 함께 온 꽃들', 그 꽃들은 '노란색으로 분홍색으로 / 하얀색으로… / 내 고향 마루모테를 수놓아' 그 아름다움은 아무리 시간이 오래되었어도 가슴에 깊이 남아, 그리움으로, 퍼도 퍼 올려도 마르지 않는 샘물과도 같이 솟아오르고 있는 것이다.

가을비가 자작이며 내리는
늦가을, 내 고향 마루모테에는
그리움들이 솔방울처럼 매달려있어요.
추억으로 가득한 그리움들이 무거워
마찻길에 소리없이 하나둘 떨어집니다.
찬바람이 세차게 불어와도
비에 젖은 그리움들은
아름답게 보이기만 하지요.
나도 추억 속에서 비를 맞으며

매절고개를 소리없이 넘어갑니다.

세상은 그리움으로 가득해요.

내 그리움을 가슴에 차곡차곡 쌓아놓고

빗소리를 친구 삼아 가을 속으로

조용히 들어가지요.

- 「세상은 그리움으로」 전문

고향에의 그리움은 특별한 어느 한 계절에 국한되는 것은 아니다. 봄이면 봄, 여름이면 여름, 가을이면 가을, 겨울이면 겨울. 어느 계절이고 고향에의 추억은 남아 있는 것이고, 그 계절이 돌아오면, 고향의 계절과 그 계절 속에서 지내던 그때의 모습이 간단없이 떠오르게 마련이다.

'가을비가 자작이며 내리는 / 늦가을, 내 고향 마루모테에는 / 그리움들이 솔방울처럼 매달려 있'다고 시인은 노래한다. 그 솔방울들 가을비에 젖는 솔방울들, '추억으로 가득한 그리움'의 방울이 되어 매달려 있고, 그 솔방울들, 가을비 마냥 그리운 마음을 듬뿍 머금고 있으므로 '무거워 / 마찻길에 소리없이 하나둘 떨어진다.'고 노래하고 있다. 그리움의 솔방울이 가을비 속에 하나둘 떨어지는 고향 매절고개에서 가을비를 맞으며, 그 추억의 비를 맞으며 시인은 빗소리를 벗 삼아 조용히 추억 속으로 들어간다.

그러므로 고향에의 그리움은 어쩌면 유태승 시인의 시적 원류이며, 시를 쓰게 하는, 아니 세상을 살아가게 하는 가장 중요한 그 원천이 되고 있는지도 모른다. 이와 같은 모습은 다음의 시에서 발견할 수가 있다.

내 고향 마루모테에
아름드리 황금소나무들이
세상의 모진 풍파를
굳건히 견디어 내려면
뿌리가 튼튼해야 해요.
집이 날아갈 듯한 태풍이 몰려와도
비 한 방울 없는 긴 가뭄이 닥쳐도
견디어 내려면요.
소중한 우리들도
인생길을 부지런히 가다보면
어려운 일들이 많아요.
유혹에 빠져들기도 하고
돌부리에 넘어지기도 하지요.
다시 일어나 힘차게 걸어가려면
내면의 기초가 튼실해야 합니다.
성공의 비결이지요.

－「뿌리가 튼튼해야 해요」 전문

유태승 시인에게 있어 고향은 다만 그리움의 대상만이 아니다. 고향 마루모테에 세상의 모진 풍파를 굳건히 견뎌 내며 든든히 뿌리를 내린 아름드리 황금소나무들은 어느 의미에서 유 시인의 삶의 중요한 교훈이고, 또 신념을 지니게 하는 모티브이기도 하다. 마루모테의 황금소나무 마냥 뿌리가 튼튼해야 만 집이 날아갈 듯 세차게 몰려오는 태풍에도 굳건히 견딜 수가 있고, 또 비 한 방울 없는 긴 가뭄이 닥쳐와도 굳건히 푸른 잎을 매달고 견딜 수 있듯이, 고향 마루모테의 황금소나무는 유태승 시인의 마음의 그리움만이 아니라, 그 마음을 지니게 하는 중요한 삶의 교훈이며 지표가 되고 있다.

유태승 시인은 고향을 다만 그리움의 대상으로만 삼지 않고, 자신이 이 험난한 세상을 굳건하게 살아갈 수 있는 중요한 교훈이며 지표로 삼고 있음을 또한 이와 같은 시들에서 볼 수가 있다.

4

어머니와 고향에 대한 그리움은 때로는 오늘이라는 현실로 돌아와서는 가족, 특히 부인에 대한 연연한 사랑으로 승화되고 있음을 볼 수가 있다. 어머니, 고향, 그리고 아내는 어떤 의미에서 유태승 시인에게 있어

서로 같은 맥락으로 읽히는 시적 코드가 된다.

유월이 오려 하니
내 고향 가일의 마당가에 서있는
의젓한 감나무에서
수수한 듯 하얀 감꽃이 떨어져요.
내 마음도 품고
소리없이 굴러떨어져요.
꽃들은 떨어지지만
감나무에는 앙증맞은 감들이 열렸어요.
내 마음도 하얀 명주실에 꿰여
아내의 사랑스런 목걸이가 되고 싶어요.
찬 가을 서리가 내려면
감이 빨갛게 익어
아내가 맛있게 먹었으면 하는 맘으로
나는 꽃이 되어 떨어집니다.
- 「감꽃이 떨어져요」 전문

유월이 되면 감나무에 흰빛을 띤 노란 감꽃이 하나 둘 떨어진다. 예로부터 이 감꽃은 작고 앙증맞아서 이를 실에 꿰어 반지나 목걸이를 만들곤 했다. 일컫는 바 감꽃반지, 감꽃목거리인 것이다. 유태승 시인은 어린 시절 감꽃으로 이런 반지도 만들어보고, 또 목걸이도 만들어본 모양이다.

감나무에서 감꽃이 떨어지는 유월을 맞아, 떨어진 감꽃으로는 아내에게 줄 목걸이를 만들고, 또 감꽃이 떨어지고 난 뒤에 맺고 있는 감의 그 달콤함까지도 아내에게 주고 싶은 그 마음이 바로 이 시를 쓰게 한 것이다. 그래서 유태승 시인은 유월이 빨리 와서 감꽃이 떨어지기를 바라고 있는 것이다.

이러한 아내는 궁극적으로 인생의 동반자이며, 그래서 어려울 때나 기쁠 때나 함께 하는 그런 사람이다. 아내는 특히 어려울 때 용기와 힘을 주는 그러한 보이지 않는 힘으로, 늘 곁에 자리하고 있는 그런 사람이기도 하다. 이와 같은 모습은 다음의 시에서 읽을 수가 있다.

세상을 열심히 살아가요.

높고 힘든 산을 넘고

깊고 깊은 물을 부지런히 건너서

둘이서 뚜벅뚜벅 열심히 걸어가요.

돌부리에 넘어져도

아내의 미소 머금은 도움으로

힘겹게, 다시 일어나 걸어가지요.

소나기도 오고

눈보라도 몰아치지만

우리 마음을 녹이는 봄날도 오고

풍성한 가을도 찾아와요.

모든 게 아름다워 빙그레 웃지요.

성공이라는 꽃마차는

함께 미소로 타고 가야 아름답지요.

- 「성공이라는 꽃마차는」 전문

아내는 그래서 성공이라는 길을 향해 달릴 수 있게 하는 인생의 화려한 꽃마차와 같은 존재라고 유 시인은 노래하고 있다. '높고 힘든 산을 넘고 / 깊고 깊은 물을 부지런히 건너서 / 둘이서 뚜벅뚜벅 열심히 걸어가는 사람.' 아내와의 삶이 아닐 수 없다. 또한 '돌부리에 넘어져도' 아내의 미소를 머금은 도움으로 힘겹게, 다시 일어나 걸을 수가 있고, '소나기도 오고 / 눈보라도 몰아치지만', 아내로 인하여 마음을 녹이는 봄날이 찾아올 수 있는 것이요, 그러므로 풍성한 수확의 계절 가을도 찾아오는 것이라고 노래하고 있다. 이렇듯 모든 게 아름답기만 하여, 아내를 생각만 하여도 그저 빙그레 웃음이 나온다고 시인은 진술하고 있다.

그래서 이런 아내와 함께 정말 바보처럼 무작정 열심히 살 수 있었고, 무작정 열심히 사는 이 바보는 그런

삶을 살고 좋아하는 그 아내를 사랑하지 않을 수 없다
고 고백하고 있다.

<blockquote>

무작정 열심히

우리는 그렇게 살아갑니다

살아보니

바보같이 살고 있는 걸 알았어요

그래도 착하게는 살지요

남들을 도와주고

배려하며 손해 보는 듯 살아갑니다.

그리워하고 기다리며 살지요.

양보하며 미련하게 삶을 살아요.

바보예요

우리는 바보입니다.

그러나

우리끼리는 참 좋아하고

사랑하며 서로 마음으로 아끼고 살아가지요.

바보는 바보를 좋아해요.

</blockquote>

– 「바보처럼」 전문

‘바보’라는 말은 어느 의미에서 참으로 좋은 말이다.
요즘 같은 세태에서 남에게 폐를 끼치지 않고, 오히려

남을 배려하며 사는 모습, 이런 모습을 때로는 '바보'라고 한다. 그러나 이는 진정 바보가 아니다. 바보에 해당되는 한자어로는 '우(愚)'가 있다. 어리석다라는 뜻의이 한자어는 '바보'라는 의미도 함께 내포하고 있다. 이 '우(愚)'라는 한자어는 늘 '직(直)'이라는 말을 대동한다. '우직(愚直)', 이는 서로 붙은 말로 쓰임이 일반이다.

그렇다. 바보는 그냥 바보가 아니라, 정직하고 곧고, 있는 그대로를 존중하며 살아가는 것을 의미한다. 바보인 남편이 바보인 아내를 사랑하는 것은 당연한 일이다. 무작정 열심히 앞만 보고 살아가는, 그래서 착하게, 그렇지만 남을 배려하고, 그래서 손해 보는듯한 삶을 사는 사람들. 오늘이라는 이 시대에 어쩌면 절실하게 필요한 그런 사람들인지도 모른다. 바보의 남편을 사랑한 아내. 그 삶이 짐짓 바보와 같아 보이지만, 어쩌면 가장 현명한 삶인지도 모른다. 온달을 사랑한 평강공주도 흔히 말하는 '우부현처(愚夫賢妻)'의 이야기가아니라, 어쩌면 그 바보 같은 삶을 사랑한 바보 같은 아내였으리라.

그래서 늘 유 시인은 아내에게 부끄럽지 않게 살려고 노력한다고 시를 통해 이야기하고 있다. "고향의 서쪽에 의젓하게 앉아 있는 소래산은 나를 보고 힘차게 외치는", "소래산의 마음을 아냐고 / 너는 어떻게 세상을 살고 있는지 / 세상이 너에게 무얼 바라는지 아냐고 / 우리가 잘 사는 길을 아는지 / 소리없는 함성" 늘 아내에게 속삭여주며, "당신에게 부끄럽지 않게 / 작은 일에도 정성을 다해 살아갑니다. / 소래산의 마음을 품고 / 소래산처럼 살아가려"(소래산은 외쳐요)는 그 마음을 오늘도 다지곤 한다.

그래서 아내는 유 시인에게 있어 밤하늘에 영롱한 빛을 발하는 '별'과 같은 존재이고, 그 별을 따다 시를 쓰고, 아내의 품에 넣어주고, 또 목에 걸어도 주고, 아내는 바로 그런 '별'인 것이다. "아름답고 소중하고 고귀하신 그대를 / 별처럼 사랑하고", "설레이는 마음으로 사랑하는 / 그대는 나의 별"(하늘에서 별을 따다), 저 무한 천공에서 무한 사랑의 눈빛을 보내주고 있는 별이 되고 있는 것이다.

5

유태승 시인에게 있어 고향이나, 어머니, 그리고 사랑하는 아내는 궁극에 '자연'이라는 대상과 어울리며 시로서 승화되고 있다. 따라서 유태승 시인에게 자연은 커다란 감화의 대상이며 때로는 소중한 가르침을 주는 스승이기도 하다. 어느 누가 그랬던가. 자연은 대사(大師), 곧 큰 스승이라고. 이러한 경구가 잘 어울리는 시인이 바로 유태승 시인이다.

　　　　군자란은 봄이 옴을 알고

　　　　소리없이 꽃을 화려하게 피우네요.

　　　　아무 말 없이 모진 추위를 견디고

　　　　화사한 주홍색으로 봄을 알려 와요.

　　　　꼭 추운 겨울을 지내야 꽃을 피우지요.

　　　　그 심오한 마음을

　　　　누가 알아주지 않아도

　　　　자기만의 길을 묵묵히 이어갑니다.

　　　　소리없이 화사하게

　　　　향기도 사방으로 퍼뜨리지 않고

　　　　꽃 속에 가득 품고 있다가

　　　　향기를 찾는 사람에게만 주지요.

　　　　군자란의 마음처럼 살고 싶어요.

　　　　　　　　　－「군자란의 마음처럼」 전문

　　꼭 시련처럼 다가오는 추운 겨울을 지내야만이 꽃을
피우는 군자란을 보며, 시인은 누가 알아주지 않아도
묵묵히 자기만의 길을 가는, 향기를 온통 사방으로 퍼
뜨리지 않고도 꽃 속에 가득 품고 있는, 그런 사람을 떠
올린다. 그래서 시인은 그 향기가 진정으로 필요한 사

람, 그래서 그 향기를 찾는 사람에게만 그 향기를 주는 그러한 군자란과 같은 마음으로 살고 싶다고 토로하고 있다.

그런가 하면, 한여름 복날의 무더위가 한창인 계절에 붉은 자주색으로 피는 칡꽃을 시인은 유독 좋아한다. 농촌에서 어느 의미로 칡은 귀찮은 존재이다. 강렬한 힘으로 뻗어나가는 칡넝쿨은 무섭기까지 하다. 아무 나무나 칭칭 감고 올라가는 칡넝쿨은 하루만 등한시해도 온통 퍼져나가는 힘이 있기 때문이다.

그러나 한여름에 피는 그 칡의 꽃은 참으로 아름답다. 어찌 저런 강렬한 줄기에서 저런 꽃이 나올 수 있을까 의심이 들 정도로 그 꽃은 선명하고 아름답다. 그러나 이 칡꽃이 지닌 미덕은 그 아름다움과 함께 넓은 잎 뒤에 숨어 있다는 사실이다. 마치 자신을 드러내지 않으려는 듯이 숨어 있는 그 모습에서 칡꽃의 미덕을 발견할 수가 있다.

> 말복이 한참 지나고
> 8월 하순의 더운 기운이 나를 불러요.
> 마루모테 양지짝 산자락에는
> 칡넝쿨이 사방으로 신나게 퍼져가지요.
> 시원한 바람이 불어오니

넓은 잎사귀 뒤에 숨어 있던

붉은 듯 자주색 앙증맞은 꽃들이 수줍은 듯

보이더니 이내 숨어 버립니다.

목련은 꽃을 자랑하려고

잎들이 나오기도 전에 먼저 피어나요.

벚꽃도 살구꽃도 그래요.

칡꽃이 숨어 피는 까닭은 무엇일까

가만히 다가가 물어보니

말없이 볼만 빨개지고 대답이 없어요.

나는 알아채고 미소 품고 돌아오지요.

내 마음 같아서요.

- 「칡꽃이 숨어 피는 까닭은」 전문

유태승 시인은 자연 속에서 다만 아름다움만을 발견하는 것이 아니라, 군자란과 같이 고난의 역경을 견디면서 피어난 꽃이 결국에는 자신을 드러내지 않고, 안으로만 향기를 품은 그 모습. 또는 강렬한 힘으로 뻗어 나가는 칡넝쿨과는 다르게, 넓은 잎 뒤에 숨듯이 피어난 자주색 선명한 칡꽃 등을 통해 인생의 진정한 가치가 어디에 있는가를 노래하고 있다.

자신의 오른손이 한 일을 왼손이 모르게 하라는 성경의 그 말씀과도 같이, 늘 겸손하게 자신을 드러내지 않고, 안으로만 향기를 품은, 그래서 그 누구도 그 향기가 필요하면 선뜻 내줄 수 있는, 그런 삶. 이가 어쩌면 유태승 시인이 살고 있고 또 추구하는 삶인지도 모른다. 이러한 모습을 자연 속에서 찾고, 또 자연을 통해 노래하는 시인 유태승은 어느 의미에서 자연과 생활이 만나는 그런 시를 쓰는 시인인지도 모른다.

이러한 시인의 마음은 여행지에서도 그대로 드러난다.

> 멕시코시티에서
> 하늘을 보고 사람들을 바라본다
> 알맞은 더위에
> 싱그러운 나무들 속에서
> 모두들 열심히 살아간다
> 순수한 마음을 품은 사람들의
> 맑은 미소에 나도 편한 마음으로 닮아간다.
> 여기 사는 사람들의 착한 마음에
> 나의 마음도 녹아든다.
> 심장이 따듯한 사람들
> 심장을 소중히 여기는 사람들
> 그들은 아주 열심히 살아간다.
> 그래서
> 멕시코시티는 아름답고 내일이 밝다.

힘차게 뛰는 심장의 나라다.

－「멕시코시티의 사람들」 전문

열심히 살아가는

Istanbul 근처의 Gebze의 사람들은

오늘도 미소를 머금고

밝은 세상을 보며 여유롭게 살아간다.

하늘은 맑고 바람은 알맞게 시원하다.

내 마음도 덩달아 시원해진다.

우리는 왜 사는가

어떠한 곳에서 와서

어떻게 살다가 어디로 가는가.

소중한 인생을 잘 살다 가는 것일까.

물어보는 사람도, 나도 잘 모른다.

그래도 우리는 열심히 살아간다.

이곳의 사람들도

나처럼 열심히 살아간다.

그렇게 최선을 다하면 되는 것이다.

－「개브제의 사람들은」 전문

여행지인 멕시코나 터키에 가서도 유태승 시인은 여
행지의 자연의 풍광도 풍광이지만, 그곳 사람들의 삶

을 관찰하고 이를 시로 쓴다. 따뜻한 심장을 지닌 사람들이 사는 멕시코, 또는 밝고 여유롭게 살아가는 터키의 사람들을 만나며 유태승 시인은 바로 이런 삶이 가치가 있는 삶이라고 스스로에게 속으로 외친다.

자연과 여행지에서 시인은 다른 두 사람이 아니다. 인간적 성실성과 자신에의 겸손이 그 삶의 중요한 모습임을 유태승 시인은 자연에서나 또 여행지에서나 늘 강조를 한다. 이러한 삶이 얼마나 고결한 것인가를 스스로 체득하고자 노력하는 시인이 유태승 시인이라고 생각이 된다.

그런가 하면, 유태승 시인은 여행지에서나 자연 속에서도 늘 고향과 어머니에 대한 그리움을 잊지 않는다. 자연이나 여행지에서 만나는 어머니, 아내, 고향에의 사랑은 어쩌면 유태승 시인이 시인으로, 한 사람으로 이 세상을 살아가는 중요한 이유이며 모습이라고 생각한다.

끝으로 여행지에서 만나는 어머니의 모습을 쓴 유태승 시인의 시를 소개하며 이 글을 마치고자 한다.

내일 아침에
바이어를 만나기 위해

늦은 밤이지만 나는 다림질을 시작했다.

정성으로 바지에 줄을 세우고

행여 구김이 있나

살피고 살피며 다리고 다린다.

어릴 적에 어머니께서

장독대에 정한수를 떠다 놓으시고

정성어린 기도를 하신 것처럼

나도 다림질에 정성을 들이고 드린다.

비록 작은 일이라도

지극한 정성을 들이면

하늘이 나를 도우실 거라 믿으면서

나는 열심히 살아갈 뿐이다.

- 「디트로이트의 다림질」 전문